ROLAND DE CADEHOL

CHÊNEDOLLÉ

ET

BÉRAT

Parallèle Littéraire

---

30 CENTIMES

Vendu au profit de la Caisse des Ecoles de Vire

VIRE

RAULT, LIBRAIRE

—

1876

ROLAND DE CADEHOL

CHÊNEDOLLÉ ET BÉRAT

Parallèle Littéraire

30 CENTIMES

VENDU AU PROFIT DE LA CAISSE DES ÉCOLES DE VIRE

VIRE

RAULT, LIBRAIRE

1876

BREST. — IMPRIMERIE ROGER PÈRE, RUE SAINT-YVES, 32.

CHÊNEDOLLÉ ET BÉRAT

I.

Chênedollé et Bérat...

On a souvent rapproché des noms dont l'assemblement était moins justifié.

Poëtes tous deux, ils ont encore ce point de contact d'être nés dans la même province, Chênedollé à Vire, Bérat à Rouen, — et ce n'est pas de ces enfants-là que la Normandie doit être le moins fière.

La vie de l'un et de l'autre a été esquissée nombre de fois; aussi, quelques détails nouveaux que nous puissions ajouter à leur biographie, nous nous contenterons, pour le présent, de rechercher et de démontrer jusqu'à quel point Bérat, dans son œuvre la plus populaire, peut avoir procédé de Chênedollé.

En effet Chênedollé et Bérat eurent autre

chose de commun que leur origine normande et que leur vocation poétique.

Contemporains, quoique appartenant à deux générations différentes, — puisque Charles Lioult de Chênedollé naissait en 1769, trente-deux ans avant Frédéric Bérat qui lui même devait suivre son devancier dans la tombe à vingt années de distance, — ils eurent un égal amour de la terre natale, une passion semblable pour la contrée ou avait été bercée leur enfance — et, pareillement, ils manifestèrent dans des vers inspirés ces sentiments inhérents aux âmes élevées et aux grands cœurs.

On n'a jamais dit qu'aucune relation personnelle eût existé entre les deux poëtes.

Leur âge les séparait.

Ils n'avaient pas non plus les mêmes cercles, car ils appartenaient, comme on dirait aujourd'hui, à deux couches sociales différentes.

Pourtant il paraît certain qu'il s'établit entre eux des rapports intellectuels.

A l'époque ou ils auraient pu se rencontrer, Bérat était trop obscur pour attirer l'attention de Chênedollé, mais celui-ci se trouvait assez en évidence pour que personne n'ignorât son nom.

Les *Etudes poétiques* de l'auteur du *Génie de l'Homme* durent charmer la vingtième année de Bérat.

Tout d'abord on voit trois excellentes raisons pour que Bérat ait recherché les productions de Chênedollé.

Toute la France intelligente s'en entretenait.

Et puis Chênedollé et Bérat étaient compatriotes et confrères.

Etre venu au monde sous le même ciel et adorer la même muse, cela constitue une sorte de parenté morale, qui ne peut manquer, ce semble, de se traduire par des faits.

Ces causes de rapprochement constatées, comment s'étonner que l'inspiration leur soit venue, une fois, de la même source, — le jour ou Bérat, après avoir descendu la Seine en bateau, de Rouen au Hâvre, entre deux rives dont les paysages si pleins de charmes sont sans rivaux au monde, — improvisa, sur le panneau d'une villa de Sainte-Adresse, cette merveille de grâce et de sentiment, qui a nom : *Ma Normandie.*

Bérat, il faut le dire, était admirablement organisé pour produire ce chef-d'œuvre qui, à l'heure dite, jaillit de sa pensée et de ses lèvres dans une magnifique explosion d'amour pour le sol dont il était l'enfant ; mais nous n'admettons guère qu'aucun chef-d'œuvre, dans quelques circonstances apparentes qu'il se révèle, puisse être le fruit de l'improvisation, dans l'acception rigoureuse du terme.

L'idée n'arrive à sa perfection d'expression qu'à la suite d'une longue gestation, après de nombreux essais, souvent défectueux, plus rarement satisfaisants, et grâce à un concours de temps, de circonstances, de lieux, d'influences extérieures et de dispositions intimes.

C'est seulement quand elle a longtemps mûri au souffle vivifiant de ces agents multiples qu'elle sort des limbes du cerveau humain qui l'a conçue, et revêt tout à coup la forme impérissable sous laquelle elle se transmettra dans la mémoire des hommes et dans la suite des âges.

D'ailleurs, si poëte put jamais se glorifier d'être lui-même et de n'appartenir à aucune école, ce fut bien Bérat.

Il chantait d'instinct.

Ce maître n'avait jamais été élève.

Cependant cette indépendance a des bornes, toute science et tout génie n'étant, de la part de ceux qui en sont doués, que le résultat d'une assimilation lente et parfaite.

C'est par ce côté que les artistes ont une si vive ressemblance avec les abeilles. De même que celles-ci empruntent à toutes les fleurs les sucs qui feront leur miel, ainsi ceux-là trouvent, auprès de tout ce qui les entoure, les traits dont se composeront leurs chef-d'œuvre.

Dans cette mesure, nous pensons que le poëme de Chênedollé, *le Val de Vire,* et son ode, *Eloge de la Neustrie,* ne furent pas sans inspirer Bérat — alors qu'il composa *Ma Normandie.*

Loin que ce soit là une conviction personnelle, nous croyons que cette opinion s'imposera à quiconque prendra la peine de comparer les trois pièces que nous venons de nommer et que nous allons reproduire en partie, — les preuves, en ces sortes de questions, valant mieux que toutes les assertions et que tous les raisonnements du monde.

II.

Si connus que soient les trois couplets de l'immortelle romance de Bérat, il est indispensable aux besoins de la cause de les mettre en regard des extraits que nous ferons ensuite du poëme du *Val de Vire* et de l'ode *Eloge de la Neustrie*.

Voici d'abord les trois couplets de *Ma Normandie :*

Quand tout renaît à l'espérance,
Et que l'hiver fuit loin de nous,
Sous le beau ciel de notre France,
Quand le soleil revient plus doux,
Quand la nature est reverdie,
Quand l'hirondelle est de retour,
J'aime à revoir ma Normandie...
C'est le pays qui m'a donné le jour.

J'ai vu les champs de l'Helvétie,
Et ses châlets et ses glaciers;
J'ai vu le ciel de l'Italie,
Et Venise et ses gondoliers.

En saluant chaque patrie,
Je me disais : Aucun séjour
N'est plus beau que ma Normandie...
C'est le pays qui m'a donné le jour.

Il est un âge dans la vie
Où chaque rêve doit finir,
Un âge où l'âme recueillie
A besoin de se souvenir.
Lorsque ma muse refroidie
Aura fini ses chants d'amour,
J'irai revoir ma Normandie...
C'est le pays qui m'a donné le jour.

Certes, il ne serait guère possible de faire mieux, et la popularité qui s'est attachée à cette romance, et qui survit aux modes et aux engouements du temps, atteste incontestablement qu'il y a là une œuvre supérieure.

C'est aussi le jugement qu'on doit porter sur l'ode et le poëme de Chênedollé.

L'*Eloge de la Neustrie* débute ainsi :

O ma belle et noble patrie !
Terre aux vaillants héros, terre aux fertiles champs !
Cieux ou j'ai vu le jour, magnifique Neustrie !
Reçois l'hommage de mes chants !

Jamais, non, jamais ta mémoire
Ne fut un seul instant absente de mon cœur.
Même au sein de l'exil, et ton nom et ta gloire
Venaient enchanter ma douleur.

Quinze ans aux rives étrangères
Le sort injurieux ma jeté loin de toi ;
Mais ton doux souvenir, ô berceau de mes pères,
Sans cesse fut sacré pour moi.

Dans la riche et belle Ausonie
De cités en cités l'exil guida mes pas.
Là, les fleurs, les parfums, la magique harmonie
Semblent enchanter ces climats.

Le peuple y nage dans la joie ;
La facile beauté, dans son brillant essort,
Y rit, chante et folâtre et mollement déploie
La danse au bruit des lyres d'or.

J'ai vu les lieux où la Batave
Des frémissantes mers repousse les assauts
Et cultive, à l'abri du rempart qui les brave,
Un sol usurpé sur les eaux.

Aux rives de la Tamise,
La main de l'abondance, épanchant son trésor,
Verse sur cette terre aux grands destins promises,
La gloire, la puissance et l'or.

Là, par le souffle de l'orage,
Battu des flots du sort, mon vaisseau fut porté.
De ce peuple opulent et grand par son courage,
J'admirai la félicité.

Mais la merveilleuse Ausonie
Et la riche Albion, fière de sa splendeur,
Pour moi ne sont plus rien, et la seule Neustrie
Règne maintenant dans mon cœur.

Salut, ô bords de ma patrie !
Que béni soit le jour qui vient m'y rapporter !
Ah ! je t'embrasse, ô terre, et fameuse et chérie,
Pour ne plus jamais te quitter !

.   .   .   .

Salut, ô ma belle patrie !
Oh ! comme avec plaisir j'ai revu tes forêts
Et tes ports opulents, trône de l'industrie,
Et tes champs si chers à Cérès.

Tes vergers que Zéphyr balance
Et l'éclat rougissant de tes nombreux pommiers
A mes yeux enchantés surpassent l'opulence
Et le parfum des citronniers.

En côtoyant tes beaux rivages,
Le nautonier, charmé de leurs mille couleurs,
Brûle de s'arrêter sous les riants ombrages
Que versent tes pommiers en fleurs !

Dans le *Val de Vire*, Chênedollé ne s'exprime pas avec moins de lyrisme :

Vallon délicieux, fraîche et riche verdure,
Bondissante cascade à l'éternel murmure,
Doux prés, riants côteaux, magnifiques vergers,
Parés d'arbres en fleurs, rivaux des orangers,
Vous, sauvages beautés, pittoresques abîmes,
Et vous, dont si souvent je gravissais les cîmes,
Vieux rochers au front chauve, ou couronné de bois,
Après dix ans d'absence, enfin je vous revois !
Aux terres de l'exil j'emportai votre image.
Votre cher souvenir, de rivage en rivage,
M'accompagnant partout, sur des bords étrangers,
Vint m'y charmer souvent au milieu des dangers.
Mais que mon cœur ému bat à votre présence !
Quels doux trésors de paix, de joie et d'innocence,
Après des maux si longs, je retrouve en ces lieux.
. . . .
Il est à l'air natal une douceur secrète
Qui peut, des maux cruels dissipant la langueur,
Rendre au génie éteint sa flamme et sa vigueur.
Par toi tout s'embellit, ô terre maternelle ;
Tes fleurs ont plus d'éclat, ta verdure est plus belle,
Ton soleil est plus pur, ton ciel plus enchanté :
Aussi rien à mes yeux n'égale ta beauté !

J'ai vu des vieux Lombards le brillant territoire

M'étaler de ses champs la richesse et la gloire ;

J'ai vu la rose au loin fleurir sur ses buissons

Ses plaines se couvrir de leurs doubles moissons.

Et ses ceps opulents, sur les côtes vineuses,

Pendre au bras des ormeaux en guirlandes pompeuses :

Le Léman, à mes yeux, de ses fertiles bords,

Sous un ciel de printemps prodigua les trésors ;

Le Valais m'a montré son Rhône et ses prairies,

Et ses monts parfumés de leurs touffes fleuries.

Mais, ô vallon charmant, si cher à mon amour,

Vallon voisin des lieux où j'ai reçu le jour,

Le Léman, le Valais et la belle Italie,

N'ont rien que, près de toi, promptement je n'oublie.

III.

Voilà en quels termes, à son retour d'émigration, c'est-à-dire de 1799 à 1802, Chênedollé saluait et la Normandie et le Bocage normand.

Que manquait-il donc à ces vers où l'on retrouve quelquefois mot à mot le thème des trois couplets de Bérat, pour obtenir la popularité de la romance : *Ma Normandie,* et comment se fait-il, lorsque cette romance est sur toutes les lèvres, que le *Val de Vire* et l'*Éloge de la Neustrie,* ne soient connus que des lettrés?

Sans doute les vers de Chênedollé ne vinrent pas à leur heure.

Peut-être sont-ils trop solennels.

Peut-être l'ode et le poëme sont-ils trop longs.

Chez Bérat et chez Chênedollé, c'est cependant la même note émue, attendrie...

Mais Bérat seul a été court, Bérat seul a été simple.

Sa forme, familière, mélancolique, presque naïve, était plus facile à se graver dans la mémoire des foules, mieux faite pour toucher les femmes et les enfants, plus musicale.

Pourtant le mérite d'avoir été le précurseur de Bérat n'en demeure pas moins à Chênedollé, car Bérat, qui comptait déjà de nombreux et d'estimables essais dans ce genre, témoin la romance : *Rien n'est si beau que mon village,* atteignit seulement la perfection lorsqu'il se rapprocha de Chênedollé.

Nous ne voudrions pas que cet essai de res-
titution littéraire diminuât en quoi que ce soit
la gloire de Frédéric Bérat, mais nous souhai-
tons qu'il contribue à l'accroissement de celle
de Chênedollé — et du Bocage normand dont
l'auteur du *Génie de l'Homme*, l'ami de Châ-
teaubriand, restera la personnification poétique
dans le premier quart du dix-neuvième siècle,
comme Olivier Basselin au quinzième siècle,
et Jean Le Houx au dix-septième.

La couronne du poète et de la contrée ren-
ferme sans doute beaucoup de fleurons plus
importants et plus apparents, mais il n'en
serait pas moins injuste de leur refuser, sous
prétexte qu'ils sont riches, la moindre parcelle
des titres auxquels ils ont droit.

FIN.

BREST. — IMPRIMERIE ROGER PÈRE, RUE SAINT-YVES, 32.

www.ingramcontent.com/pod-product-compliance
Lightning Source LLC
LaVergne TN
LVHW021504060726
842527LV00006B/2432